Johann Wolfgang von Goethe

Prometheus; Dramatisches Fragment

in Großdruckschrift

Johann Wolfgang von Goethe

Prometheus; Dramatisches Fragment

in Großdruckschrift

Reproduktion des Originals.

1. Auflage 2024 | ISBN: 978-3-38732-808-0

Megali Verlag ist ein Imprint der Outlook Verlagsgesellschaft mbH.

Verlag: Outlook Verlag GmbH, Zeilweg 44, 60439 Frankfurt, Deutschland
Vertretungsberechtigt: E. Roepke, Zeilweg 44, 60439 Frankfurt, Deutschland
Druck: Books on Demand GmbH, In de Tarpen 42, 22848 Norderstedt, Deutschland

PROMETHEUS

DRAMATISCHES FRAGMENT

JOHANN WOLFGANG GOETHE

Erster Akt

[Prometheus. Merkur.]

Prometheus.
Ich will nicht, sag es ihnen!
Und kurz und gut, ich will nicht!
Ihr Wille gegen meinen!
Eins gegen eins,
Mich dünkt, es hebt sich!

Merkur.
Deinem Vater Zeus das bringen?
Deiner Mutter?

Prometheus.
Was Vater! Mutter!
Weißt du, woher du kommst?
Ich stand, als ich zum erstenmal bemerkte
Die Füße stehn,
Und reichte, da ich
Diese Hände reichen fühlte,
Und fand die achtend meiner Tritte,
Die du nennst Vater, Mutter.

Merkur.
Und reichend dir

Der Kindheit note Hülfe.

  Prometheus.
Und dafür hatten sie Gehorsam meiner Kindheit.
Den armen Sprößling zu bilden
Dahin, dorthin, nach dem Wind ihrer Grillen.

  Merkur.
Und schützten dich.

  Prometheus.
Wovor? Vor Gefahren,
Die sie fürchteten.
Haben sie das Herz bewahrt
Vor Schlangen, die es heimlich neidschten?
Diesen Busen gestählt,
Zu trotzen den Titanen?
Hat nicht mich zum Manne geschmiedet
Die allmächtige Zeit,
Mein Herr und eurer?

  Merkur.
Elender! Deinen Göttern das,
Den Unendlichen?

Prometheus.
Göttern? Ich bin kein Gott
Und bilde mir so viel ein als einer.
Unendlich? - Allmächtig? -
Was könnt ihr?
Könnt ihr den weiten Raum
Des Himmels und der Erde
Mir ballen in meine Faust?
Vermögt ihr mich zu scheiden
Von mir selbst?
Vermögt ihr mich auszudehnen,
Zu erweitern zu einer Welt?

Merkur.
Das Schicksal!

Prometheus.
Anerkennst du seine Macht?
Ich auch! -
Und geh, ich diene nicht Vasallen!

[Merkur ab.]

Prometheus [zu seinen Statuen sich kehrend, die durch den ganzen Hain
zerstreut stehen].
Unersetzlicher Augenblick!
Aus eurer Gesellschaft

Gerissen von dem Toren,
Meine Kinder!
Was es auch ist, das meinen Busen regt -
[Sich einem Mädchen nahend.]
Der Busen sollte mir entgegen wallen!
Das Auge spricht schon jetzt!
Sprich, rede, liebe Lippe, mir!
O, könnt ich euch das fühlen geben,
Was ihr seid!

[Epimetheus kommt.]

Epimetheus.
Merkur beklagt sich bitter.

Prometheus.
Hättest du kein Ohr für Klagen,
Er wär auch ungeklagt zurückgekehrt.

Epimetheus.
Mein Bruder! Alles, was recht ist!
Der Götter Vorschlag
War diesmal billig.
Sie wollen dir Olympus' Spitze räumen,
Dort sollst du wohnen,
Sollst der Erde herrschen!

    Prometheus.
Ihr Burggraf sein
Und ihren Himmel schützen? -
Mein Vorschlag ist viel billiger:
Sie wollen mit mir teilen, und ich meine,
Daß ich mit ihnen nichts zu teilen habe.
Das, was ich habe, können sie nicht rauben,
Und was sie haben, mögen sie beschützen.
Hier Mein und Dein,
Und so sind wir geschieden.

    Epimetheus.
Wie vieles ist denn dein?

    Prometheus.
Der Kreis, den meine Wirksamkeit erfüllt!
Nichts drunter und nichts drüber! -
Was haben diese Sterne droben
Für ein Recht an mich,
Daß sie mich begaffen?

    Epimetheus.
Du stehst allein!
Dein Eigensinn verkennt die Wonne,
Wenn die Götter, du,
Die Deinigen und Welt und Himmel, all

Sich all ein innig Ganzes fühlten.

   Prometheus.
Ich kenne das!
Ich bitte, lieber Bruder,
Treib's wie du kannst, und laß mich!

   [Epimetheus ab.]

   Prometheus.
Hier meine Welt, mein All!
Hier fühl ich mich;
Hier alle meine Wünsche
In körperlichen Gestalten.
Meinen Geist so tausendfach
Geteilt und ganz in meinen teuern Kindern.

   [Minerva kommt.]

   Prometheus.
Du wagst es, meine Göttin?
Wagest zu deines Vaters Feind zu treten?

   Minerva.
Ich ehre meinen Vater,
Und liebe dich, Prometheus!

    Prometheus.
Und du bist meinem Geist,
Was er sich selbst ist;
Sind von Anbeginn
Mir deine Worte Himmelslicht gewesen!
Immer als wenn meine Seele spräche zu sich selbst,
Sie sich eröffnete
Und mitgeborne Harmonieen
In ihr erklängen aus sich selbst:
Das waren deine Worte.
So war ich selbst nicht selbst,
Und eine Gottheit sprach,
Wenn ich zu reden wähnte,
Und wähnt ich, eine Gottheit spreche,
Sprach ich selbst.
Und so mit dir und mir
So ein, so innig
Ewig meine Liebe dir!

    Minerva.
Und ich dir ewig gegenwärtig!

    Prometheus.
Wie der süße Dämmerschein
Der weggeschiednen Sonne
Dort heraufschwimmt
Vom finstern Kaukasus
Und meine Seel umgibt mit Wonneruh,

Abwesend auch mir immer gegenwärtig,
So haben meine Kräfte sich entwickelt
Mit jedem Atemzug aus deiner Himmelsluft.
Und welch ein Recht
Ergeizen sich die stolzen
Bewohner des Olympus
Auf meine Kräfte?
Sie sind mein, und mein ist ihr Gebrauch.
Nicht einen Fußtritt
Für den obersten der Götter mehr!
Für sie? Bin ich für sie?

   Minerva.
So wähnt die Macht.

   Prometheus.
Ich wähne, Göttin, auch
Und bin auch mächtig. -
Sonst! - Hast du mich nicht oft gesehn
In selbst erwählter Knechtschaft
Die Bürde tragen, die sie
In feierlichem Ernst auf meine Schultern legten?
Hab ich die Arbeit nicht vollendet,
Jedes Tagwerk, auf ihr Geheiß,
Weil ich glaubte,
Sie sähen das Vergangne, das Zukünftige
Im Gegenwärtigen,
Und ihre Leitung, ihr Gebot

Sei uranfängliche,
Uneigennützge Weisheit?

   Minerva.
Du dientest, um der Freiheit wert zu sein.

   Prometheus.
Und möcht um vieles nicht
Mit dem Donnervogel tauschen
Und meines Herren Blitze stolz
In Sklavenklauen packen.
Was sind sie? Was ich?

   Minerva.
Dein Haß ist ungerecht!
Den Göttern fiel zum Lose Dauer
Und Macht und Weisheit und Liebe.

   Prometheus.
Haben Sie das all
Doch nicht allein!
Ich daure so wie sie.
Wir alle sind ewig! -
Meines Anfangs erinnr ich mich nicht,
Zu enden hab ich keinen Beruf
Und seh das Ende nicht.
So bin ich ewig, denn ich bin! -

Und Weisheit -
[sie an den Bildnissen herumführend.]
Sieh diese Stirn an!
Hat mein Finger nicht
Sie ausgeprägt?
Und dieses Busens Macht
Drängt sich entgegen
Der allanfallenden Gefahr umher.
[Bleibt bei einer weiblichen Bildsäule stehen.]
Und du, Pandora,
Heiliges Gefäß der Gaben alle,
Die ergötzlich sind
Unter dem weiten Himmel,
Auf der unendlichen Erde,
Alles, was mich je erquickt von Wonnegefühl,
Was in des Schattens Kühle
Mir Labsal ergossen,
Der Sonnen Liebe jemals Frühlingswonne,
Des Meeres laue Welle
Jemals Zärtlichkeit an meinen Busen angeschmiegt,
Und was ich je für reinen Himmelsglanz
Und Seelenruhgenuß geschmeckt -
Das all all - - Meine Pandora!

  Minerva.
Jupiter hat dir entboten,
Ihnen allen das Leben zu erteilen,
Wenn du seinem Antrag

Gehör gäbst.

    Prometheus.
Das war das einzige, was mich bedenken machte.
Allein - ich sollte Knecht sein und wir
All erkennen droben die Macht des Donnrers?
Nein! Sie mögen hier gebunden sein
Von ihrer Leblosigkeit,
Sie sind doch frei,
Und ich fühl ihre Freiheit!

    Minerva.
Und sie sollen leben!
Dem Schicksal ist es, nicht den Göttern,
Zu schenken das Leben und zu nehmen;
Komm, ich leite dich zum Quell des Lebens all,
Den Jupiter uns nicht verschließt:
Sie sollen leben, und durch dich!

    Prometheus.
Durch dich, o meine Göttin,
Leben, frei sich fühlen,
Leben! - Ihre Freude wird dein Dank sein!

Zweiter Akt

Auf Olympus

[Jupiter. Merkur.]

Merkur.
Greuel - Vater Jupiter - Hochverrat!
Minerva, deine Tochter,
Steht dem Rebellen bei,
Hat ihm den Lebensquell eröffnet
Und seinen lettnen Hof,
Seine Welt von Ton
Um ihn belebt.
Gleich uns bewegen sie sich all
Und weben, jauchzen um ihn her,
Wie wir um dich.
O, deine Donner, Zeus!

Jupiter.
Sie sind! und werden sein!
Und sollen sein!
Über alles, was ist
Unter dem weiten Himmel,
Auf der unendlichen Erde,
Ist mein die Herrschaft.
Das Wurmgeschlecht vermehret
Die Anzahl meiner Knechte.
Wohl ihnen, wenn sie meiner Vatersleitung folgen;

Weh ihnen, wenn sie meinem Fürstenarm
Sich widersetzen.

    Merkur.
Allvater! Du Allgütiger,
Der du die Missetat vergibst Verbrechern,
Sei Liebe dir und Preis
Von aller Erd und Himmel!
O, sende mich, daß ich verkünde
Dem armen, erdgebornen Volk
Dich, Vater, deine Güte, deine Macht!

    Jupiter.
Noch nicht! In neugeborner Jugendwonne
Wähnt ihre Seele sich göttergleich.
Sie werden dich nicht hören, bis sie dein
Bedürfen. Überlaß Sie ihrem Leben!

    Merkur.
So weis' als gütig!

    Tal am Fusse des Olympus

    Prometheus.
Sieh nieder, Zeus,
Auf meine Welt: sie lebt!
Ich habe sie geformt nach meinem Bilde,

Ein Geschlecht, das mir gleich sei,
Zu leiden, weinen, zu genießen und zu freuen sich
Und dein nicht zu achten
Wie ich!

[Man sieht das Menschengeschlecht durchs ganze Tal verbreitet. Sie sind auf Bäume geklettert, Früchte zu brechen, sie baden sich im Wasser, sie laufen um die Wette auf der Wiese; Mädchen beschäftigen sich, Blumen zu brechen und Kränzgen zu flechten.]

[Ein Mann mit abgehauenen jungen Bäumen tritt zu Prometheus.]

Mann.
Sieh hier die Bäume
Wie du sie verlangtest.

Prometheus.
Wie brachtest du
Sie von dem Boden?

Mann.
Mit diesem scharfen Steine hab ich sie
Glatt an der Wurzel weggerissen.

Prometheus.
Erst ab die Äste! -
Dann hier rammle diesen
Schief in den Boden hier
Und diesen hier, so gegenüber;
Und oben verbinde sie! -
Dann wieder zwei hier hinten hin
Und oben einen quer darüber.
Nun die Äste herab von oben
Bis zur Erde,
Verbunden und verschlungen die,
Und Rasen ringsumher,
Und Äste drüber, mehr,
Bis daß kein Sonnenlicht,
Kein Regen, Wind durchdringe.
Hier, lieber Sohn, ein Schutz und eine Hütte!

Mann.
Dank, teurer Vater, tausend Dank!
Sag, dürfen alle meine Brüder wohnen
In meiner Hütte?

Prometheus.
Nein!
Du hast sie dir gebaut und sie ist dein.
Du kannst sie teilen,
Mit wem du willst.

Wer wohnen will, der bau sich selber eine.

[Prometheus ab.]

[Zwei Männer.]

Erster.
Du sollst kein Stück
Von meinen Ziegen nehmen,
Sie sind mir, mein!

Zweiter.
Woher?

Erster.
Ich habe gestern Tag und Nacht
Auf dem Gebürg herumgeklettert,
Und mit saurem Schweiß
Lebendig sie gefangen,
Diese Nacht bewacht,
Sie eingeschlossen hier
Mit Stein und Ästen.

Zweiter.
Nun gib mir eins!
Ich habe gestern auch eine erlegt,
Am Feuer sie gezeitigt

Und gegessen mit meinen Brüdern.
Brauchst du heut mehr als eine?
Wir fangen morgen wieder.

   Erster.
Bleib mir von meinen Schafen!

   Zweiter.
Doch!

   [Erster will ihn abhalten, Zweiter gibt ihm einen Stoß, daß
er umstürzt, der nimmt eine Ziege und fort.]

   Erster.
Gewalt! Weh! Weh!

   Prometheus [kommt].
Was gibt's?

   Mann.
Er raubt mir meine Ziegen! -
Blut rieselt sich von meinem Haupt -.
Er schmetterte
Mich wider diesen Stein.

Prometheus.
Reiß da vom Baume diesen Schwamm
Und leg ihn auf die Wunde!

Mann.
So - teurer Vater!
Schon ist es gestillt.

Prometheus.
Geh, wasch dein Angesicht.

Mann.
Und meine Ziege?

Prometheus.
Laß ihn!
Ist seine Hand wider jedermann,
Wird jedermanns Hand sein wider ihn.

[Mann ab.]

Prometheus.
Ihr seid nicht ausgeartet, meine Kinder,
Seid arbeitsam und faul,
Und grausam mild,
Freigebig geizig,

Gleichet all euren Schicksalsbrüdern,
Gleichet den Tieren und den Göttern.

[Pandora kommt.]

Prometheus.
Was hast du, meine Tochter,
Wie so bewegt?

Pandora.
Mein Vater!
Ach, was ich sah, mein Vater,
Was ich fühlte!

Prometheus.
Nun?

Pandora.
O, meine Arme Mira! -

Prometheus.
Was ist ihr?

Pandora.
Namenlose Gefühle!
Ich sah sie zu dem Waldgebüsche gehn,

Wo wir so oft die Blumenkränze pflücken;
Ich folgt ihr nach,
Und, ach, wie ich vom Hügel komme,
Seh ich sie, im Tal auf einen Rasen hingesunken.
Zum Glück war Arbar ohngefähr im Wald.
Er hielt sie fest in seinen Armen,
Wollte sie nicht sinken lassen,
Und, ach, sank mit ihr hin.
Ihr schönes Haupt entsank,
Er küßte sie tausendmal
Und hing an ihrem Munde,
Um seinen Geist ihr einzuhauchen.
Mir ward bang, ich sprang hinzu und schrie,
Mein Schrei eröffnet ihr die Sinnen.
Arbar ließ sie; Sie sprang auf,
Und, ach, mit halbgebrochnen Augen
Fiel sie mir um den Hals.
Ihr Busen schlug,
Als wollt er reißen,
Ihre Wangen glühten,
Es lechzt' ihr Mund, und tausend Tränen stürzten.
Ich fühlte wieder ihre Kniee wanken
Und hielt sie, teurer Vater,
Und ihre Küsse, ihre Glut
Hat solch ein neues unbekanntes Gefühl
Durch meine Adern durchgegossen,
Daß ich verwirrt, bewegt
Und weinend endlich sie ließ
Und Wald und Feld,

Zu dir, mein Vater! Sag,
Was ist das alles, was sie erschüttert
Und mich?

   Prometheus.
Der Tod!

   Pandora.
Was ist das?

   Prometheus.
Meine Tochter,
Du hast der Freuden viel genossen.

   Pandora.
Tausendfach! Dir dank ich's all.

   Prometheus.
Pandora, dein Busen schlug
Der kommenden Sonne,
Dem wandlenden Mond entgegen,
Und in den Küssen deiner Gespielen
Genossest du die reinste Seligkeit.

Pandora.
Unaussprechlich!

Prometheus.
Was hub im Tanze deinen Körper
Leicht auf vom Boden?

Pandora.
Freude!
Wie jedes Glied gerührt vom Sang und Spiel
Bewegte, regte sich, ich ganz in Melodie verschwamm.

Prometheus.
Und alles löst sich endlich auf in Schlaf,
So Freud als Schmerz.
Du hast gefühlt der Sonne Glut,
Des Durstes Lechzen,
Deiner Kniee Müdigkeit,
Hast über dein verlornes Schaf geweint,
Und wie geächzt, gezittert,
Als du im Wald den Dorn dir in die Ferse tratst,
Eh ich dich heilte.

Pandora.
Mancherlei, mein Vater, ist des Lebens Wonn
Und Weh!

Prometheus.
Und du fühlst an deinem Herzen,
Daß noch der Freuden viele sind,
Noch der Schmerzen, die du nicht kennst.

Pandora.
Wohl, wohl! - Dies Herze sehnt sich oft
Ach nirgend hin und überall doch hin!

Prometheus.
Da ist ein Augenblick, der alles erfüllt,
Alles, was wir gesehnt, geträumt, gehofft,
Gefürchtet, meine Beste, - das ist der Tod!

Pandora.
Der Tod?

Prometheus.
Wenn aus dem innerst tiefsten Grunde
Du ganz erschüttert alles fühlst,
Was Freud und Schmerzen jemals dir ergossen,
Im Sturm dein Herz erschwillt,
In Tränen sich erleichtern will und seine Glut vermehrt,
Und alles klingt an dir und bebt und zittert,
Und all die Sinne dir vergehn,
Und du dir zu vergehen scheinst
Und sinkst, und alles um dich her

Versinkt in Nacht, und du, in inner eigenem Gefühle,
Umfassest eine Welt:
Dann stirbt der Mensch.

    Pandora [ihn umhalsend].
O, Vater, laß uns sterben!

    Prometheus.
Noch nicht.

    Pandora.
Und nach dem Tod?

    Prometheus.
Wenn alles - Begier und Freud und Schmerz -
Im stürmenden Genuß sich aufgelöst,
Dann sich erquickt in Wonneschlaf, -
Dann lebst du auf, aufs jüngste wieder auf,
Aufs neue zu fürchten, zu hoffen und zu begehren!